滅びゆく家族の記憶の断片

中森美方

思潮社

滅びゆく家族の記憶の断片　目次

滅びゆく家族の記憶の断片　7

伝言・二〇一二　17

黄昏の国　27

世界の片隅に過ぎてゆく　37

少し不幸な人々の一日に　47

装幀＝思潮社装幀室

滅びゆく家族の記憶の断片

火山島の朝

魂たちが火口湖から溶岩流の岩場を過ぎて
海辺沿いの村に降りてくる　冬至と夏至に
夜明け　花々の群れる野原を越え洞窟の入口を迂回して
魂たちは足音もなくやってきて
もともとは自分の家であった戸口あたりで逡巡する
魂たちは家族であったのでひとつに固まる
魂は幸福を予祝する　自分たちの果たせなかった幸福を
目覚めた男たちがまず確かめるのは風向きだ　漁のために
その後に目覚めた女たちは火をおこし汁の仕度にとりかかる
ひとりずつ子どもたちが起きはじめる
また別々になった魂たちは耳や口や髪から子どもたちに宿る
その一日を共に過ごし体中の細胞を洗い強くするために

再生の谷

風は苛むか励ますか　風の果て　風の落ちる所へ
若い人たちは日に日に強くなるが老人は日毎に衰える
朝の光から夕光までの無残な時を木々は青ざめもせず立ちつくす
この父祖のやせた地はもう捨てるしかないだろう
安らぐ場所はここではないと知った
葦原を越えてくる洪水に幾度襲われたか
わたしたちは三日月が満月になるまでの日々を歩き
ひとすじの光が届く峡谷にたどりついた
わたしたちの家はここに決めよう　子どもはここで育てよう
虫にも森にも光にも風にも挨拶をして
源の水を掌に掬い喉の渇きをいやそう
わたしたちはこうして辿りついて　ここから始まる
ここからは湖が見える　生きよ　生きよ　光る湖面の声だ

水の女

女は南を向いて座り　それから北に頭を向けて臥せ
ふたたび東を向いて座り直し　それから西に向かって頭を垂れた
石で前歯を砕き月の神への捧げものとした
禁じられた男が谷から近づいてくるのを塩盛りの結界で防いだ

忘れ果てたことをもう一度忘れるために
幾夜も泣いたことを昔のものとするために
女は全裸になり月の光を浴びた
それから　水の流れに身を浸し淵へ進んだ
淵の水は女のやわらかい乳房や陰部や丸い尻の肉を浄めた
淵に体を浮かべると月の光を照り返しやわらかい発光体になった
誰も見ることは許されないから森は夜を静まりかえった

わたしは見ていた　白い装束で夕暮れの森に女が入ってゆくのを

生き残る者たちのすべてを背負って
森に虹のような霧が立った　わたしはそれも見ていた
次の朝　妹の姿が消えていた　妹は水の女だったのだ
妹は水に喚ばれ森に召された　わたしたちのために

森の泉に水があふれはじめ月の光のように野を潤した
水に浸される土地の喜びはわたしたちのものだ
わたしたちは水路を確かめに走った　四方八方へと走った
わたしは大切にしまっておいた去年の種を取り出し
森奥のどこかに居る妹に心の中で呼びかけた
今でも森にはいつでも悲しみが宿っているように見える
だから　わたしたちは森を眺め
ただ過ぎてゆくさまざまのことを肯う

クモの巣

どこまでも役人は調べにやってくる　家族の人数を年令を田畑を
わたしたちは字を知らない　あの人たちは字ですべてを操る
字とはいったい何なのだろうか　帳面の字はわたしたち以上のものだ
恐ろしいがこうなるかも知れないと思っていた
隠れ里といっても塩売りに聞けばすぐにわかる
字にされたらもう逃れることはできない　年貢からも
これから三年に一度くらい役人はやってくる
山ひとつ向こうの斜面を掘りおこし畑にしよう
日あたりも水はけもいいし見つかることはない
小屋を建てて息子夫婦の住み処としよう
わたしたちはこの谷間のあちこちに散らばって生きよう
クモでさえ境を決めて巣を張る　それと同じだ

カモメの記念写真

大きな津波があり　いくつもの洪水があり　いくつもの地震があり
いくつかの戦争があり　その度に戻らぬ者がいた
たった一枚の記念写真　セピア色とかそんなしゃれたものではない
ただの枯葉のようなもの　どこにでもあってすぐに散ってしまうもの
軍服の人を真ん中にカメラを見つめる子どもたち
ぎこちなく着飾っておよそ落ちつかない風情の人たち
ひとりだけ空を見上げている少年
それがわたしの祖父だとすぐに分かった
カモメだ　祖父の癖だった　カモメを見つめるのは
湾が入り組んでいるから気流に乗ると谷間にカモメが迷いこむ
わたしもカモメを見つめる　祖父と同じように
同じような仕種で同じような農作業をしながら
おそらく　ほとんど同じような気持ちで

川口まで

村中が寝静まった夜中　少年のわたしは川に誘われたことがある
誰かがわたしに命令した　川口に行けと
命令したのは赤い月にちがいなかった
川口は昼間よりも明るくて　潮と混じるあたりが月に光っていた
くるぶしまで水に洗われ何をするでもなく家に帰った
その夜からわたしの内部の何かがちがってきた
誰にも許されないこと　村の人の誰も知らないこと
図鑑ばかりを眺め口数がめっきりへっていった
都会に出て仕事に就いても心はどこかにあった
狡猾は嫌っていたが義憤は持たなかった　他人のことだと
家族が寝静まったある夜　誰かが命令した　森へ行けと
空にはやはり赤い月がかかっていた
小径は森の奥に続き
そのもっと奥にあの川口があって波の音が聞こえた

夢の中へ

わたしの夢は現実の内側にある　外側ではない
だから幻覚にとらわれることもないし　変な目で見られることもない
夢とは昔のことだ　これからのことではない
みんな何も語らずきれいにこの世から消えてしまった
街で見かける赤いスカーフも紺のシャツも麦わら帽子も過去につながる
そうして現実は夢の中へ入ってしまう
いや　夢を閉じこめるために日々の現実がある
家族はみんな夢の中に住んでいる
世の中を成り立たせている悪意も虚栄心も妬みも夢の中には入れない
わたしは普通の暮らしをしているはずだ
だが　街並や群衆にはいつも靄がかかっているように見える

伝言・二〇一二

時よ　おまえは

人生の真実は時間だ
いったい　それ以外に何があろうか
時間はわたしたちの運命を支配し決定づけ
さまざまのことを淘汰する
ひとつふたつの情事も悪戯も考え方すらも
ただの季節の訪れと過ぎゆきだ
今　わたしは思い出すことができる
記憶のあの深い井戸から水を汲みあげるように
祖父母　父母　叔父叔母の労働の姿を
たったひとりの少女が遠去かってゆく姿を
それらはすべて胸奥深くに閉じこめられているが
夜が訪れるとわたしはそれらを弄び愉悦にひたることができる
時は流れ移ろう　還らないのが唯一の確かなことだ

わたしは耳

すべて過ぎゆくもののために
ため息　甘美な追憶　それらすべてを貫く自己愛
地上でくり返される誕生と死の物語
わたしは耳　わたしの体は耳　その耳をすませば
かすかな物音から何かが始まるのがわかる
立ち止まれば脇をすりぬけてゆく時間
それに追いつき追いこし　また立ち止まる
かすかな目まいは日常の証しだ
新しくなることのない身体をまた確かめ
過去へ　過去へと年老いてゆく

すぐに消える

小さな雨粒　大きな雨粒　中くらいの雨粒
それらが傘に当たる時の微妙な音のちがい
あるいは　それらが湖面に降る時の波紋のちがい
重なりあって　連なりあって　人が生きるように
少しずつちがうさまざまな人々とわたし
わたしはすぐに消えるだろう　この食卓から
仕組み込まれたこの人生の舞台から
やがて草が繁るだろう　わたしの眼窩から
それでいい　わたしはそれを望む
小さな雨粒よ　大きな雨粒よ　中くらいの雨粒よ

チューブ

あの人は年老いた　そのことを知って落ちつく
あの人はチューブに囲まれて生きている
ポタッ　ポタッ　ポタッがあの人の生きているリズム
どこに行ったのだろう　あの桃色の少女は
消えてしまった　みんながそうであるように
あの人と同じようにわたしも年老いたのだろう
わたしはそれを悲しむことはない
静かな喜びのような落ちつきに充たされる
あの人は生きている　わたしも
わたしたちはチューブのような追憶でつながれている

命の内側

わたしたちは確かに砂浜にいた　波打際だ
退いては寄せる波がわたしたちの足を洗った
何を語りあったのかは覚えていない
何も語りあわなかったのだ　命の息吹きのままに
それから　わたしはいくつかの都市に移り住んだ
あの人はわたしの知らない人と小さな島に住みついた
あの時　わたしたちは確かに砂浜にいた　波打際だ
しかし　わたしたちは本当はどこにいたのだろう
わたしはあの人の内側にいて
あの人はわたしの内側にいた　波打際で

一瞬のすべて

水を飲ませて　もう少しこっちに来て
いいことを聴かせてあげるから　昔のこと
おまえが小さかった頃のこと　五十年も昔
稲穂が風にゆれて輝いていた
鳥除けにロープを張りわたして　あちこちに丸い凧のような威し
そこには目鼻も描かれていた　へのへのもへじもあった
風にゆれると裏表にひるがえる　一瞬のうちにね
まっ白から恐い顔に変わる　一瞬のうちにね
おまえはそれを見て泣いた　声をあげてしがみついて泣いた
世の中は一瞬のまぼろし　おまえはそれを知って泣いた
たったそれだけのことだけどね　たったそれだけの

コップの模様

追憶というのか　きみは　それは自己愛と自己憐憫の狭間だ
ただのコップの模様も角度を変えればさまざまに見えるように
過去はきみが喜ぶことのできるものだ
それはそれでいい　しかし
もう耳にしたくないこともあるだろう　見たくないことも
死者から送られてくる通信もあるだろう
それらは感情と呼ぶにも価しない
忘れはてればいいだけだ　それだけの話だ
偽りの記憶　そう呼んでもいいかもしれない
できることなら若葉を渡ってきた新鮮な空気を少しだけ
ほんの少しの新鮮な空気さえあれば　きみは新しくなれる

膿と泡

結末をむかえることのない戦争　その行方
少しの変化があるだけのとりとめのない日々が過ぎ
わたしたちのつつましい生活は続いてゆく
わたしはこの国に生まれ育った　そして
わしづかみされるように兵士になった
人生を楽しむなんてとんでもないことだ
いやな思い出ばかりがふえてゆく
男は鋼のように強くあれと父は教えたが
本当にそうなのだろうか
瓦礫となった生家を見つめながら
父の内面はあの時　膿のような苦しみと
泡のような悲しみに充ちていたのではないだろうか

黄昏の国

蝶であろうと　かげろうであろうと

わたしは今やっとの思いで親しくなった少女を抱いている
少女は昔　ビート畑で笑い　浅い湖の岸辺で笑った
その少女の乳首をわたしは柔らかく噛んでいる
しかし　どうしてだろう　面影はあるが老いた体だ
あの少女はどこへ消え失せたのか
しかし　わたしは少女を抱いている　確かに
出奔　労働運動　逮捕　失業　結婚　いろいろあった
すべては過ぎていって　わたしたちは巡りあった
少女であろうと老婦であろうと
蝶であろうと　かげろうであろうと
人生でかけがえのない幸せな時が今ここにある

寝息

あの人の歓びはいつも遅れてやってくる
痙攣があって声が洩れ震える手足
そのことをわたしは知っている　いつものことだと
だが他にそれを知っている男がこの世にいるような
それを知ることはためらわれ禁じられている
わたしはあの人の　あの人はわたしの偶然か必然か
それを知るすべはない　ふたりの間には
人生に意味などあるのだろうか　誰も応えようがないだろう
いつものように食卓に用意されるごちそう
わたしの左手のフォークの前にあの人の右手のナイフがある
本当のわたしの歓びはあの人の歓びの後にある　寝息だ
寝息はすべてを語る　あの人の静かな寝息　少し荒い寝息
それだけ知れば充分だ　今のわたしには

偽名

トースト　フライドエッグ　チーズ　これがおきまりの朝食
それからしばらくして　もつれるように地下鉄に乗りこみ
公園か植物園でしばらくの時を過し
いつものビアガーデンでビールとポテトとソーセージの昼食
大ジョッキは医者に禁止されているから
小ジョッキでワインを飲むようにチビリチビリとやる
わたしの銀行口座には不自由しないほどの預金がある
定期の口座もある　月々の年金も入ってくる
冷暖房のアパートメント　テレビ　ソファーにベッド
これ以上の暮らしが許されるものだろうか
しかし　時々にわたしは思い出す　組織を裏切ったことを
正確に言えば　組織は裏切っていない
気の合わなかった指令役の男の居所をある奴に教えただけだ
その男がどうなったたか　それはわたしの口からは言えない

組織では偽名で通すこと　これがわたしの知恵だった
雪が降りはじめた頃　わたしは猛勉強を始め　そして官僚になった
どうしてそうしたのか　未だにわたしにはわからない
わからない行動のいくつかは人生につきものだ
倒すべき体制側の中身も組織と同じようなものだった
無口で仕事に忠実な男としての三十五年間
妻も子もいないから　もうこの国の未来に興味はない
紛争地についての新聞記事を読むこと
これだけが日々の暮らしのアクセント
紛争は絶えることがない　世界中でいつまでも
体制はこのまま続いてほしい　わたしの命より少しだけ長く

わたしの見る夢

悪い夢はもう見なくなった
わたしの見る夢のパターンはふたつほどだ
ひとつは簡単　砂浜の向こうに広がる故郷の海
たったそれだけの人ひとりいない風景
もうひとつはね　エプロン姿の女が洗濯物を干している
明るい日ざしの中のあの人　すると
風にあおられてシーツがなびきあの人を隠し　そのまま消えてしまう
昔はよく見た夢　勤め人の時に　神経の疲れた時に
わたしの事実は悪い夢の方にあったのではないか
そこにわたしの本当の姿と人との関係があったのではないか
どれが事実で　どれが夢で　どれが現実か
そんなことはもうどうでもいいことだ
わたしはすべての出来事の排水溝にすぎない

国境

「結局　世の中というのは不平等の連鎖なんだ」
そう言って男は白い錠剤を二粒口に入れた
わたしも忘れそうだった錠剤を二粒口に入れた
「理想があるうちはいいさ　多くの人々に
でも　そんなものはもううんざり　うんざりだ」
「そんなことより　この村の地名が地図から消えてしまった
しゃべる言葉も　文字も変わってしまった
わたしが目にしたものは　わたしが失ったすべてだ」
それから先のことをわたしはもう少し話したかったが
男はハエを追うような仕種をして言った
「国も宗教もファンタジーで成り立っている　その中身は暴力だ」
公園の木陰のベンチ　知らない男だ
あの国境を越えてたどりついたのだろうか

小さい花

わたしは確信犯を救うことができなかった
わたしの弁護は心地よく刑におもむかせる装置のひとつだった
青春の頃のあの水平線はもう見えない
今日　わたしの側を通りすぎたさまざまの人
透き通っている人　服だけの人　声だけの人
歩道から浮いてゆらゆら揺れている人も見かけた
そんな時にいつも流れてくる音楽がある
どうして誰も気付かないのだろうか
いつも自分を欺いてきたわたしのリフレーン
信号が青になるまでのほんの少しの間に
（小さい花　いつか見た花　花に埋もれ花になった人）

薄い虹

悲しみがあるかぎり　わたしは生きられる
悲しむわたしは野にかかる薄い虹
雨を降らせることも　雲からの光を照り返すこともできる
悲しみの水が消えればわたしはわたしでなくなる
もう夢でしか息子たちにも会えない
涙の一粒　そこからすべては生まれる
この国の人々はやがて失われるだろう
わたしの子宮の細胞をひとつまみ　それから爪の片々
それらを野に蒔き　次々と生きつぐ命の輝きにしよう
この地に根を張り水を吸い芽を出し葉を拡げよう
たとえ　声が奪われようと
わたしたちは風に揺れて歌うことができる

世界の片隅に過ぎてゆく

廃村

なつかしい岩山の道をわたしはたどっていた
見覚えのあるカーブ道　石の積まれた祠　眼下に山すその廃村
少年になったような　少女と手をつないでいるような
岩山の奥まった聖地に朱塗りの神社があるはずだ
風が少し湿り気をおびてきたから急がねば
峠道を曲がってわたしが目にしたのはあばら家のようなもの
まさか　あの神社が　まさか　このように荒れはてて
誰もいないだろう　賽銭箱とぶら下がった古い鈴
早く立ち去るしかない　不気味すぎる
わずかな小銭を投げ入れ　鈴を鳴らし拝礼
くぐもった声が響いてきた
「あの村はどうなった　今は何年の何月何日だ」

露草

◎○△×　これが日々のメモ
◎○△×　過去の出来事の記憶
バラの刺の青さに　海の色の深みに　薄緑の今に
地表はいつも繰り返される　さまざまに　同じように
手を振りながら近づいてきた人を抱きしめた日
水の流れを見つめて生きよとその人の声が届く
すべてを捨てて今を生きる
さざ波のきらめきを見つめながら
少女らの美しい斉唱が森を越えて
入江に夕日だけがあざやかに一日を終わる
まぶたの裏側に消えてゆく露草の紫

ひどすぎる

おまえはわがままな女になった　ひどすぎる
その原因があのことに由来するのなら仕方のないことだが
わたしは見捨てた　おまえの母を　収容施設のベッドの母を
わたしたちがあの村を離れればもう誰も見舞う者はいない
何も言わなかったがひとすじの涙を流した
わたしたちの子どものためにも爆弾音から逃げるしかなかった
どうしようもない選択　未来も過去もない決断
わたしはまちがったかもしれないが　おまえも同意した
うなずいたはずだ　三十年も前のことだが
わたしたちの距離を埋めるものはないだろう
息子も孫もただの慰安だ　ただの
本当はおまえは息子も孫も嫌っている　わたしに似ているから
おまえもわたしもわがままになった　あのことのために
夜の八時から朝の七時まで　おまえは部屋に閉じこもる

時々　悪夢にうなされているのも知っている
呻き声を初めて聴いて部屋のドアを開けようとした
驚いたのはドア越しの呻き声ではない
ドアには内側から鍵がかけられていたことだ
次の日の朝　わたしは心の内側に鍵をかけた
こうなってしまったのは仕方のないことだ
ありがたいことに近くのマーケットに行けばすべてのものは揃う
クロワッサン　ピクルス　果物
いつも二人分の食料　おまえが食べようと残そうと
あのベーカリーの太った女主人との他愛もない世間話
それでしばし　すべてを忘れようとするわたしは卑怯なのだろうか

みにくいままでいい

わたしはひたすら働いてきた
田畑を耕し　種を蒔き　刈りとり
美しくなりたいと思ったことなど一度もない
美しい人たちをうらやましいと思ったこともない
わたしはみにくいかもしれないが
夫もいるし子どもたちもいる
わたしが望むものはこれ以上のものではない
わたしの体の二枚の花びらだけは美しい
美しいものはすぐに滅びてゆくから
わたしはそれを知っているから　みにくいままでいい
思い出したくないことが多いから　今だけに生きたい
みんなが貧しければみんなが平等だった
わたしはいつまでもみにくいままでいい

イニシャル消える

国の成長期の不協和音　没落期の痙攣
すべてを見透かす巨きな眼がある
カンバスに色を塗るとすればどういう色だろう
わたしたちは与えられた現在を生きる
わずかな偶然を黙って生きる
きみとわたしの間に軋みが走っても当然だ
盲導犬は与えられた仕事を生きて死ぬ
わたしたちも見えないリードでつながれている
その見えないリードが何なのか探す　毎日
ぶどうを摘み　水を汲み　球根を植える
みずすましのようにイニシャルをぐるぐる回りながら
すぐに消えてしまうイニシャルだけど

交代

歳をくうと猜疑心が強くなってね
おまえは誰だ　何の用だ　わたしの知り合いかい
わたしはおまえを知らない　何の用だ
知らない人が尋ねてくるとろくなことはない
わたしはビクリとする　もしや　わたしが追跡した人かと
恨まれても仕方のないどんな仕事もしたから
せめて　ひっそり世の中に隠れて過したい
そうか　あの幼なじみの息子か　母親似だね
なで肩の首すじあたりはあいつにそっくりだ
あいつは死んだのか　それよりも今まで生きていたことの方が嬉しいよ

夕日が教会を茜色に染めあげると　すぐに紫色の空となった
空は少しずつ深みを増してゆき街灯がぼんやり光っていた
見張り　内通者の見張りというのか

ただ立っていること　身じろぎもせずに
視線と意識を四方八方に張りめぐらせ
この街にまだ敵は到着していない　それは確かだ
ただ明日の朝どうなっているか　それはわからない
それなのに立っているだけで恐怖がつのる
空腹は感じなかった　喉が渇き震えがやってきた
垂直に立っているだけの恐怖のかたまり
聞き覚えのある足音が近づいてきて伝えた「交代だ」と
その声が若かった頃のおまえの親父だ
あいつが死んでもわたしにはあの「交代だ」の声が聞こえる

少し不幸な人々の一日に

沼地にて

「話がある」と父は言った　朝食の後だった
いつもの日曜日のように小舟に乗って沼へ葦刈に出かけた
小舟に半分ほどの葦が積み上っても父は喋らなかった
黙って　ただ黙って葦を刈り続け束ねあげていた
パンとトマトの昼食が終わっても喋らなかった
夕暮れが近づき村の教会の塔が所在なげにかすんでいた
遠くの山脈には雲がかかり夕光が斜めに射していた
母と姉が久しぶりに町に出かけたはずだから
もしかしたら今夜はごちそうかもしれない
岸の岩が近づいてきて父が小舟を反転させて口を開いた
「山むこうの地主がおまえを養子にほしいと言っている
おまえの幸せにつながるかもしれないが断わることにした
おまえは農夫の息子だ　農夫のままがいい」

農夫の息子

わたしはきらきら光るものが好きだった
朝日に輝く砂粒　ガラス玉　貝の内側
きらきらするものには何かがひそんでいるように思えた
わたしは暗い所も好きだった
乾草倉庫　大きな建物の裏手　市場の片隅　人の来ない所ばかり
そこに居ると自分が自分になれるような気がした
遠い所に憧れはじめてから沼地が嫌になった
出てゆく時　沼地の村は小さな泥細工のように見えた
遠い所で農夫の息子のわたしとは別人になって話し行動した
少しずつ少しずつ岩山が好きになった
花よりも葉脈が好きになったのは家族を持ってからだ
今は樹木を見るとすぐにその根を想像し
それから　沼辺の葦のつながった根を思い出す

ノスタルジー

わたしは戦争に行ったのだ　知ってるね
わたしは敵の中国人を何人も殺した　本当のことだ
わたしは何の処罰も受けず　誉められもしなかった
すべて本当にあったことだ　すべて過ぎたが
人は慣れる　どんな戦地でも　感情を失くしてゆくから
ただ生きて日々を逃れること　虫のように
それなのに　どうしてあんなひどい日々を懐かしいと思うのか
退屈な幸せより苛酷な不幸が心に刻まれるのか
戦争のことがノスタルジーになっている　本当だ
もう少ししかわたしの時間はない
いや　もう少しだけわたしの時間はある
わたしは伝えたい　だがそれを聞く者などここには誰もいない
だから　おまえを呼んだのだ

ダッタッタ……

「いいかい　隊列だけは組むんじゃないよ」祖母の口癖だ　たった一挺の古い猟銃が物置き小屋から発見された　それがすべての始まりだった　目的さえ叶えば瑣末な理由などどうでもいいのだ　村中の男という男　老人から青年が草原に一列に並ばされた　自分の墓穴を掘るために　三十五人の男が崩れるのにきっちり三十五発の銃声が響いた　鋭く尖った遠い山脈は黙ってそびえていた　いつものように上空では鳥が旋回を繰り返し透明な日光は直接に肌に届き　ごくありふれた一日のはずだった　隊列の兵士たちは命令さえあればすぐに猟犬になる　あの旗のせいで　すべてはあの旗のもとで行われた　夫　息子　義父を同時に亡くした女は泣くこともできず地面にうつぶせになり両手で土をかきむしった　首を上げ下を向き　また首を上げて下を向いた　村は静まりかえり聞こえるのは子どもの泣き声だけ　解放軍はすぐにまとまり次の村へと去っていった　戦車の音　ジープの音　行進の合図　ダッタッタ　ダッタッタ　ダッタ……

遺産を公平に

遺産を公平に分配すること　それは無理だ
貧しかった父母の遺したわずかな金額　わずかだから難しい
兄弟姉妹五人でどうやって分配するというのか
家を継いだのは誰で　墓銘碑を刻んだのは誰で　苦労かけたのは誰で
それなのに　わずかな額のための親族会議か
そんなことよりも　わたしたち五人すべてがもらったカメリア
命のひとつふたつ消えるたびにカメリアは美しくなる
おまえの婚約者の娘にも教えておいてほしい
たった一日で葬儀は終わった
そのたった一日から問題が続いてゆく
今となってはそれぞれに与えられた名前を生きるしかない
水が足りなかったあの頃のことを考えてもみろ

既視感《デジャビュ》の灯り

わたしの生活はすべて既視感《デジャビュ》に導かれている　景色だけではない　時おりあの声が響く　わたしの決めることなどひとつもない　もうひとりのわたしが今のわたしだ　すべてあのオレンジ色の灯りのせいだ　既視感《デジャビュ》のあの灯り　四十年前のあの時に既視感《デジャビュ》に導かれて車のハンドルを岩山の谷の灯りの方へ切った　石ころだらけの道がわたしを喚んだ　わたしの内部が呼応した　まっ暗いトンネルさえわたしをつつみこみ誘いこんだ　その家はわたしが育った家と同じくらいの大きさで同じ暗さだった　驚きもせずに女はわたしを家の中へ招き入れた　次の日から長い長い短い短い濃密で淡いわたしにもよくわからぬ時間が過ぎた　それから血のつながり　そんなことのためにすべてが費された　何も戻らぬ　すべて以前在ったことのように進んでいる　それらは在った　今も在る　これからも　誰が生きても死んでも　思うことのすべては昔に在ったことと同じ寸法の同じ中身だ　わたしは誰なのだろうか　輪郭はあるのだろうか

羽化　朝の光をあびて

幾度も苦しい冬が過ぎていった
その度に憂うつな気分は体を重くした
冷たい鉛のような冬に耐えること　傷口を忘れ
あの傷口　傷口を開くような言葉　あの女の
あの女のとしか今となっては言えない

わたしはすべてを捨てた　家も職も町も
移り住んだ谷間の村での暗い日々
石英質の岩を割って削って仕上げる石工のひとり
石と向かいあうだけの日々　底なし沼のわたしの内部
夜毎に灯りの下で手紙を書くこと　何度も書き直し破り捨て
そして　また書き直すことが生活の封印だった
出すあてなどないのに
夏の川で水を浴びることだけを望みながら

今までのすべての出来事を忘れる
今までに出会ったすべての人を忘れる
通信を拒否し　わたしであることも忘れる
三年間　およそ千日以上の日々をわたしはそうやって暮らした
もらった手紙は一通だけ　別の女からだ
その末尾には「わたしも少し老けました」と記されていた

ある日の明け方にトンボが岸辺の草にすがって羽化する夢を見た
朝靄につつまれ　やわらかい羽根が光を吸いこみ確かなものになった
ひとつの謎が解けたように村を出ようと決心した
本当はわたしはその女に手紙を書き続けたのだ
明瞭になったひとつの羽根をわたしは得た
訪問の約束も挨拶もすべて省略して抱きしめたい

二十世紀末の街角に確かにあった幻覚

貝の記憶

潮が退いてゆくと磯の岩場に死滅した貝の群が現れるだろう
嫌な記憶とはそのようなものだ　繰り返し訪れる
それを制御することはできない　潮の満ち退きと同じように
人は憎しみがあってこそ強くなれる
目的がなければ生きられない
そうして両親を殺された子どもたちはテロリストになる
憎しみのない人間はただの腑ぬけだ
わたしは憎む前に悩んでしまい強くなれない
テロリストにもなれないし家庭を営む気にもなれない
ああ　また無数の貝が現れてきた　脳裏をしめつける
貝のひとつひとつは鋭く尖っていて
その内側は暗い空虚に充たされている

地下墓地

地下墓地への階段を降りて左折し突きあたり　ここのはずだ
人の気配はない　数十年誰も訪れていないような重い静寂
待ち合わせの正午まであと五分　次の役目は何だというのか
深く関わりすぎたかもしれないがもう逃げられない
階段を降りてくる足音が響いてきた
この足音は男ではない　若い女のステップの音
ポニーテールの茶色の髪　ジーンズの腰の張りぐあい　白いシャツ
まぎれもないわたしの恋人だ　週末も同じベッドに居た
偶然が重なった海辺のホテルのテラスの出会いも罠だったのか
紙飛行機のように音もなく届いていた指令もすべてそうなのか
冗談じゃあない　今までのまるごとのわたしを還してほしい
「こういうことなの　わたしにも役目があるの」
いったい　これはどういうことだ　教えてほしい

農場跡地

十年前までこの一帯はわたしの土地だった
それがどうして外国資本の工場棟になったのか
愛国心は持ち合わせている　昔から他人よりも強く
多額の税金も文句ひとつ言わずに払い　村の教会にも寄附をした
わたしの農場には十人の雇い人がいて　家には二人の女中がいた
みんな楽しそうに働いてくれたから　わたしは満足だった
口数の少ない者　おしゃべりな女　冗談ばかりで日を過す男
体制が変わるというのは現実を逆さまにするようなものだった
わたしはすべてを失った　家も農場も預金も　すべて失った
憂うつに捉えられた妻はやせさらばえた遺骸になった
狭いアパートだけが今の居場所　すべて夢だったと思うこともできる
わたしにはわからない　あいつらの愛国心とは何だったのか
どうして　この外国資本の工場に勤める者たちの表情は暗いのか
まるで昔のフィルムの足早な葬式の行列のように見える

記憶写真

「現実は表側のことで真実はどこにあるのかしら
あなたはいつも表側しか見ない　飾り立てられた現実しか見ない
わたしとはちがうような気がするの　移民の娘だからじゃないわ
ほら　あの鳥はわたしたちを見てる　もうすぐ別れるわたしたちを
鳥の眼に写るのはただの物体　別れじゃないわ」
近くに寄ってきた黒い鳥はしきりに芝生のあちこちをついばんでいた
ここで記憶写真のシャッターの音　まばゆい光とともに
暑かった夏の日　むせかえるような湿気に建物がゆれていた
市場あたりの光は白く　街の石畳の道は薄暗く　つきぬける青空
ふたりで立ったグラナダの城壁からは遠くに鋭い山脈が見えた
ひとり残されてそのまま茫然と眺めていると
遠くの山脈が見る見るうちに桃色に染まっていった

幻の小川

牧子様

三十三年ぶりの手紙となります。今でも覚えている昔の住所に出します。果たして届くかどうか。あなたがどこでどうしているか。失礼は重々にわかっておりますが、お許しを。

今日、わたしのアパートの側の小川で子どもたちが誰に習ったのか、笹舟を作って流していました。見るともなしに見ておりましたら、四十年ほど前のことが、すぐそこにあるスクリーンに映るように蘇ってきました。わたしの家のすぐ脇のあの小川です。記憶は次々とシーンになって繰りひろげられて息苦しいほどでした。

わたしは幼い頃のあなたの愛称を呟きました。

三十年ほど前のわたしの指名手配の写真は、あなたも見たでしょう。内ゲバ事件殺人容疑。あの田舎の狭い町がどれほどの騒ぎになったか、あなたがどんな思いをしたか、わたしの家族、親類縁者のことなど、今となっては頭を垂れるのみです。わたしは巨きな熱い渦の中にいました。うねっていたのです。現実とかけ離れた夢のコンミューン。冷静というのは無理でした。熱いうねりを突き進むだけでした。衝動ではありません。理屈で固めた狂気だったのかもしれません。手を貸してしまったのです。後のことはよく覚えていません。潜伏先の街の銭湯で自分の指名手配の写真を見て自首を覚悟しました。

逮捕、求刑、収監、仮保釈と時は流れて、よくわからないわたしになっていました。夢のような数十年を黙って生きてきました。なぜこうなったのか、自問自答、唾棄、反省、そして静寂。今は刑務所で覚えた木工細工の職人として日々を過しています。あの町には帰れません。両親も他界しましたし、あの家もどうなったのか。あの小川は昔のままなのか、笹原は繁っているのか。あなたの声ばかり鮮明です。

どこにでも小川は流れ、この地方の夕暮れもあの町の景色に似ています。ものさびし気な夕茜と、暮れてゆく森の静けさ。苦しさは通り越しました。この手紙があなたに届くことはないでしょう。それを願いつつ記しました。

武器

自由とか平等とか　そんなものに興味はない
それらは武器といっしょに海のむこうの大きな国からやってくる
わたしたちはつつましく充分に幸せだったはずだ
どうして　そんなよくわからないものを押しつけられ民兵にされるのか
これだけは言っておく　きみたちの中にスパイがいる
そいつにとって密告は正義であるかもしれない
だが　どんな理由があろうと親友を裏切る奴は好きになれない
自由とか平等よりももっと大切なものがあるはずだ
わたしたちはそれを大事にして生きてきた
それは家族であり一族であり仲間との関係だ
わたしたちにこんな武器は要らなかった
自由とか平等というのは砂漠にかかる蜃気楼のようなものだ

カードゲーム

港町の朝は海からの風が坂道を上ってきてすぐに暑くなった
勤め人　通学の子どもたち　パンを抱えた婦人
世界中のどこにでもある平凡なポルトガルの港町の風景
昼近くになると恐ろしいほどの暑さになった
だが　老人たちはカフェテラスでカードゲームに興じていた
おれは共和党側の兵士　こいつは秘密警察員　死ぬはずだった
好んで立場についたわけではないから　今はこうやって遊んでいる
こいつが持主のホテルはいいよ　すべてが揃っている
クーラーもダブルベッドもバスもレストランも女も
よろしければ御案内しますよ　今すぐにでも
二十歳ぐらいで英語の話せる女がいい
とても二十歳とは思えぬほど老けて世知長けたような女が現れた
全裸になった女はカーテンを閉じようとして尻をこちらに向けた
そこまでのことは覚えている

白い灯台と海鳥

少し静かな所で考えてみたい　このことは
そうしないと今の体だけの考えになってしまう
もちろん　わたしにあるものはただの衰えてきた体だけ
この体の奥に眠っているものを確認するためにも
少し静かな所で考えてみたい　一晩か二晩だけだ
青年の頃の時間は戻らない　それは判っている
いや　すでにひとつの物語は用意されているかもしれない
だが　どうしてきみから調書のようなものを取らされるのか
わたしは確かに自分の仕事について興味はなかった
相手はただの依頼人でわたしはただの代理人　代理人だよ
その人たちの現在や人生については無関係でいたかった
お気の毒ですが　あなたの御主人は内戦から還ってきません
半年ほど前に埋葬は終わっています　連絡は村に届いているはずです
わたしは伝えた　正確な情報を　感情をこめずに

依頼人はまだ若いのに少しやつれた色白の婦人といっていいだろう
ヴェールの下の瞳が部屋の隅を見つめた
どうしてだろう　その瞳に白い灯台と海鳥がポッッと映った
わたしは依頼人夫婦の最初のあるいは最後の大切なシーンを見たのだ
すぐに婦人は消えて　白い灯台と海鳥の光景が残った
依頼人欄の氏名と住所と出身地の村のメモはすぐに破りすてた
そうしないと婦人の家を訪ねてしまうかもしれないと思ったからだ
事情があって息子を連れて村を出て　かけがえのない夫を内戦で亡くす
あの色白の婦人は若かった頃のわたしの母だ
息子はわたしだ　わたしにちがいない
それからというもの依頼されることが重荷になった　賃仕事なのに
そればかりではない　街並も船も新聞も空虚なものになった
街を吹きすぎる乾いた風だけと対話するようになった
空虚が心を占めてからの人生は抜け殻のようなものだ
なぜ　わたしが忘れ果てていたようなことをきみは尋ねるのか
きみは若かった頃のわたしか　今のもうひとりのわたしか

わたしたちの物語

ふるさとよ

ふるさとよ　真夜中　荒磯の高波は静まらず　真昼　山の崖の粗い岩肌は村人を拒絶する　潮風が吹きすさび台風が襲い浜砂がいつも移動を始める
山裾にこびりついた貝殻のような村　それは確かに消え果て

父親Aの娘

わたしは父親Aについては全く知らない　顔も知らなければ名前も知らない　その人がわたしの本当の父であることを知っているだけだ
父親Bはわたしに優しかった　ソフトクリーム　バーガー　うさぎごっこ　スクールへの送り迎え　そのままだったらよかったのに　ある日　父親Bが消えて　父親Cが現れた　巨体のくせにかん高い声　気むずかしい母とどうして知り合い仲良くなったのか　父親Cは母の友達みたいなもので　わたしの父親になろうとはしなかった
それだけではすまなかった　母の姿が消えた　事情があって遠い病院に入ったと父親Cから聞かされたが　本当なのかどうか　それはわからない　すると　すぐに父親Cの女友達が野良猫のように入ってきて　いつも母が腰掛けていた窓際の席に場所を占めた　父親A　父親B　父親C　逃げた母　父親Cの女友達　そんなことはどうでもいい　わたしは喋れなくなった　家でもスクールでも　昨日　父親Cが担任に呼びつけられたようだ
父親Aに会いたい　どんな人であってもいい　わたしはその人の顔を知りたい　このままでは　わたしは誰なのかわからない

無縁の時

生きもせず　いずれ死ぬことさえ忘れて
その果てに待っていたのは失われた記憶と孤独
それさえも忘れることができれば幸いなのだが
いつも少し遅れて気付いてしまう
夜も朝も昼もなく　郵便物ひとつなく
会話などすでに遠去かり食事だけの日々
これからすべてが過ぎてゆくだろう
ある日の朝　牛乳とゆで卵だけが残される
それらのことすべて無縁に時が流れて行く
空白だけがそこにあって

使い古しの女

おまえは使い古しの女だ　あの人は確かにそう言った　その時は　何が何だかよくわからなかった　耳を疑った　落ちつくとまっ黒なものが　わたしを包んだ　わたしには離婚歴がある　そのことなのだろうか　ベッド上での仕種のことなのだろうか

夢中になってあの人を導いてしまったのかもしれない　わたしの上のあの人の首すじを抱きしめ　足を絡ませた　あの人の動きが　わたしの声となって洩れた　それから先はまっ白に輝いた　わたしでも　あの人でも昔の人でもなかった

すべては終った　それだけは　はっきりしている　使い古しの女　それがわたしなのだろうか　それより他にわたしという者は無いのだろうか

地戻り

夜の星は輝きを増して祝福した
わたしたちがこうしてこの浜辺に居ることを
約束のひとつもできずにその夜は過ぎ
言い足らなかった言葉だけがふえていった
時がたてばただの記憶になることを知らなかった

星の輝きを見ることはなかった
あれからの数十年は空洞のままに過ぎ
信じたくないが　あの人の命の火が消えた
還れ熊野へ　熊野に還れ
星の声が聞こえた

力をふくむ熊野の海と山はわたしを圧倒した
夜の浜辺に寝ころぶと星が輝きはじめた

月の光はわたしをなだめ
あの人の魂が側に寄りそう気配があった
しばしの愉悦のあとに深い悲しみが襲ってきた

月の光と星の輝きと波の音がわたしに告げた
もっともっと熊野を抱きしめよ
おまえの小さな命を埋めよ　熊野に
一本の椿の木となって生きよ　花をつけよ
おまえは地戻りの男のひとりとして生きよ

土地と墓

女の鮮しい血がひとすじ
川の流れに乗って拡がってゆき
交差する川の流れから杉の実が流れ寄り
ふたつは交わり　わたしが生まれた
死者の住む谷から離れ
湧き水のあふれる崖下に新しい小屋を建て
遠い昔から側にいたような女と暮らした
あちこちの斜面にわたしたちに似た人が住み
さまざまに移動を繰り返していたが
わたしたちは動かずに土地を耕した
わたしたちに子どもは授からなかった　だから
この土地のひとところがわたしたちの墓になるだろう

魂の行方

祖父はカモメ　祖母は川魚　きっと鮎だろう　父は牛　母は白い蝶　もしかしたらコオロギかもしれない
死者の魂がどうなるのか　どこへ行ってしまうのかもわからないのにわたしはこのことを信じている　呪文のように時おり繰り返す
それは輪廻転生とか　そんなものではない　それぞれが生きていた時に最も愛着を感じていたものだ　残された者はそれを信じればいいだけだ
わたしたちの生の終わりに何があるのか　それは誰にもわからない　わかっているのは　すべてに終わりがあって始まりがあるということだけだ
みんなどこかに居る

名前

この地表のあちこちに群をなして住む貧しい人たち　小さないさかいを
起こし　時には慰めあい　憎悪し　苦笑し　仕方なく共に暮らしてゆく
それはいつも繰り返される　貧しい人たちが憎み合い　戦いに至るのは
それらが人間のあらかじめ持っている本質であるかのように
木の葉だ　虫だ　微生物だ　風とともに消えてゆくがいい　へばりつい
て生きるならば　へばりつけ　それが運命なのだから
やがて洪水が村を襲い　村を新しく再生してくれるだろう　運ばれた土
砂　失われた老人たち　境界すらもわからなくなって　またひとつずつ物
語がはじまってゆく
そしてまた　ひとりの赤ん坊に名前がつけられるだろう　枯れた花々は
戻ることがなくても

男たちが戦に出ていたので村は手薄だった　別の族の男たちが村を襲い女という女のすべてが犯された　男たちが村に帰った時　あまりの静けさに異変を知った　自分たちが　しでかしてきたようなことがこの村に起こったということを　犯されなかった老婆数人が　一部始終を涙ながらに唄うように語ってきかせた
女の体は産むようにできている　その年のうちに女たちの一部　いや正確に言えば四分の一が子どもを産んだ　十五人だ　あのことについては誰も触れなかった　女たちも男たちも種もわからぬ子どもたちを育て　二十年が過ぎた　十人の戦士が仕上った
まずはじめに行きつき襲うのは　あの族の村だ　十人の戦士たちは姉か妹かもしれぬ女たちを次々と犯し　干し肉　トウモロコシの袋を大量に村に持ち帰った　あのことを知っている老婆たちが　喜んでいるのか　泣いているのか　弾んでいるようで時おり沈みこむような唄を続けた
ヒューヒューヒュー　遠い風のような声　ヒューヒューヒュー「もう止めてくれ　そんな唄は」　誰かが叫んだ　ヒューヒューヒュー　老婆たちは唄い続けた　その声は風になぶられる草木の声になった　夜の風音を聞くと　胸がかきむしられるような気持ちになるのはそのためだ

忘れられた声よ

プライベートビーチ

わたしはきみになり　きみはわたしになる
そんな夜をいくつ重ねたことだろうか
わたしはきみとの肉体関係を最も大事にした
もちろん肉体関係は空しいものだ
しかし　それ以上の関係は無かった　この世には
「やつれた人生は嫌　でも歳老いたあなたを見てみたい」
それはわたしとて同じことだ　イヤリングは今も光るか
過去のことは考えない方がいい　そんな気もする
しかし　過去しか考えられない境遇もある
蝶は止まる時に翅を垂直に立て　蛾は翅を水平に開く
きみの属性はどちらになったのだろう
ふたりだけのプライベートビーチ　わたしはそこに行きたい

be動詞

「スガヤさんが緊急の会議をしたいとのことですので……」
アライトヨミからの電話は用件のみで途切れた
翌朝　約束の時間少し前に喫茶店に入ってゆくと
詩人のスガヤキクオがひとりで饒舌に話していた
be動詞についてだ　存在とbe動詞の微妙な関係
演説はbe動詞から　ある　いる　おるの日本語に移った
何の挨拶もない　眼配りもない　人を見てない　普通ではない何か
他に誰が居たのだろうか　よく覚えていない
スガヤは話し続けた　誰のあいづちを待つでもなく延々と
一時間を越えてわたしの時間が少なくなってきた
「仕事がありますので」立ち上ってもスガヤは話していた
場所は国立の学園通りの脇道の喫茶店　三十年も過ぎたか
季節も覚えていないが暑くもなく寒くもなかった
スガヤのbe動詞はあやうく　宙吊りになっていた

喪失よりは忘却を

時間とはおまえの運命だ　運命はおまえの心理そのものだ
心理とはおまえの肉体　いずれおまえを裏切る
おまえは求めに応じて皮膚の色を変えた　カメレオンのように
ひとつの声　いくつもの声　ざわめきと哄笑
この世の中は意外と簡単にできているはずだから
そんなことは他愛もない世間話にしてほしい
留守電のような声を消してゆく　ひとつずつ
わたしが本当に話したい相手はたった三人しかいない　現世には
手紙を出したい相手は五人ほどで充分だ
わたしたちはいつもすれちがう　永遠にすれちがう
暗く湿った部屋を出ても同じことだ
時間はタクシーのように手をあげても止まってくれない

所属の記憶

あの村はどこにも無かった　背の高いイタドリに羽虫の群
常緑樹と草むらと石垣の谷あいの斜面
あの石垣は誰の家だったか　かすかな目まい
水の流れは昔の人の瞳に似て暗い森を映していた
その森の奥からわたしの名前を呼ぶ声が聞こえた
川霧よ　川霧よ　流れて消えてゆくか
わたしの記憶は本当なのだろうか　美しい偽りなのだろうか
村の嬌声から無音の世界へ　それも清々しいが
それはいったい誰が導いたのか
木の葉を揺らす風のようなものか
わたしたちの行方を決定しているものは何だろう
流されてゆく家族　大地に根をおろさず
渚の果てを爪先立って歩き続ける

自治区

この公園の樹にひとりの漢民族の少女の首が吊るされた
少女には何の罪もない　だが　どんな物事にも理由はある
虐殺された数千の少数民族の人々にも何の罪もなかった
報道されたひとりの少女の死と省みられなかった人々の死
この通りが整然としているのは民衆監視体制を証明している
別にわたしは何かの機関に属しているわけではない
漢民族にも自治区の人々にも友人はいない
ただの闖入者のような旅人だ

チベット山脈のふもとの村を訪ねよう
頬の赤いはにかんだ少女の笑顔を撮りたい
残酷なひとつの光景を消してみたいだけだが

歳月

野火が燃えさかる頃　女は美しくなった
崖の上の岩場でわたしたちは出会い
三日に一度はそこで待ちあわせ見つめあい
おたがいの命の半分ずつを交換するために
岩場のひとところに羊歯を敷いて裸になった

黒い雲　白い雲が過ぎ　茜空が日々を示し
虹はあざやかにのぼり赤ん坊の泣き声を聞いた
陽の光は柔らかい網を野にひろげ
わたしたちの頭上にふりそそいだ

大切なことは口から口へと伝えられ
歳月の重なりは夕日に映えて川へ流れた
わたしたちは生きて耕し死んで忘れられた

所有の水

わたしは今はただ目を閉じているだけだ
たとえ塵芥の類になろうと　虫のようになろうと
ただひとつのかけがえのない時を生きる
無意味であろうと　価値がなかろうと
ただの一瞬も光がさすことがなかろうと
いくつもの朝と夕べがくりひろげられて
すぐに忘れ去られることが判っていても
わたしはわたしであり交換不能だ

それらはすべて繰り返されてきたことだと誰かが言う
そう言うおまえは誰だ　正体は何だ
ただの夜の声だそれは　朝がくればすぐに消える
わたしは夜と昼のように果てしなく続いてきた
不幸が訪れると以前にもあったような気がするのはそのためだ

不幸はどこか似ているから耐えることができる

それだけではない　わたしはあちこちに散らばっている
わたしひとりがわたしではない
見棄てられた人も　埋められた人も　撃たれた人も
流された人も　みんなわたしだ

慰さめる花は付け加えられた物語であることの分別はついている
わたしが探し求めているものは
どんなに複雑であろうと結果としては単純なことだ
わたしが所有している命の水を汲み続けることだ
水脈が涸れ　地が割れるまでは

パラソル

あなたはこの街が嫌いなの　どうしてかしら
いいや　とても気に入ってるよ　旧市街も新市街も　あの川も
どうして眉間にしわを寄せるの　不愉快みたいに
これはね　わたしの癖だ　心が浮わついている証拠だ
わたしとは逆ね　わたし　すぐ大声で笑ってしまうから
少し開いた胸元のシャツの下のわずかな乳房のふくらみ
名前をまだ聞いていないが知らないままの会話もいい
学校で習わないことを吸収しようとしているのだろう
この少女が生まれる前　この国は警察国家だった
外出禁止令　監視の役人　理想があってむごたらしい現実があった
今日　この港町からのどこまでもひろがる水平線の眺めは格別だ
大西洋からのさわやかな風が吹いて道路脇のパラソルを揺らした
もし　よろしかったらランチでもいかがですか
わたし　あまりテーブルマナーは知らないけど　うれしいわ

記述係

これらをわたしが書いたというのは正確ではない
わたしはただの記述係　それはどこからかやってくるものだった
どこかで誰かの記憶に残されていたものだろう
わたしが記したものはほんのわずかで
文章の網目からぬけ落ちたもの
あるいは除外されたもの　無意識のうちに
ほんの一瞬訪れたがとらえきれなかったもの
わたしの言葉では紡ぎきれなかったもの
それらこそが確固たる何かであっただろう
言葉にできないもののために言葉が存在する
この逆説の永遠性よ　宇宙塵となって散らばれ
わたしが思うように物語は進まなかった
あっちへ行け　次はこっちだと誰かが命令した
本当の物語が始まるのは終わってからだ
それはすでにわたしからは遠く隔っている

滅《ほろ》びゆく家族《かぞく》の記憶《きおく》の断片《だんぺん》

著者
中森美方《なかもりよしのり》

発行者
小田久郎

発行所
株式会社思潮社
一六二-〇八四二　東京都新宿区市谷砂土原町三-十五
電話〇三-三二六七-八一五三（営業）・八一四一（編集）
ＦＡＸ〇三-三二六七-八一四二

印刷・製本
美研プリンティング株式会社

発行日
二〇一三年三月十日